祕密

谷崎潤一郎＋マツオヒロミ

首次發表於「中央公論」1911年11月

谷崎潤一郎

明治19年（1886年）出生於東京。曾就讀東京帝國大學國文科，兩年後因故提前離校。在校期間與文學同好創辦《新思潮》同人刊物，並且發表〈刺青〉等知名作品。代表作包括《痴人之愛》、《春琴抄》、《陰翳禮讚》、《細雪》等。

繪師・マツオヒロミ（松尾裕美）

畫家。出生於島根縣，現居於岡山縣。出版作品包括《百貨店華爾滋》與《嚴選人氣繪師作品集　松尾裕美Matsuo Hiromi》，並致力於書籍設計領域。興趣為鑑賞和服與近代建築。

那陣子我忽然渴望擺脫周遭的喧擾煩囂、躲避複雜的人際關係，因而開始探尋適合隱居的地方，終於在淺草的松葉町一帶找到了一座真言宗寺院，向其租借了一間僧房。

由菊屋橋往東本願寺後方沿著新近開掘的渠道一路直行，來到十二樓下方錯綜複雜又Obscure的區域，那座寺院即置身此間。在那片像極了翻倒的垃圾桶一樣密密麻麻的貧民窟旁有著一道黃土長牆，呈現出平靜而肅冷的寂寥氛圍。

我一開始便拿定了主意，與其避居於澀谷、大久保那樣的鄉間小鎮，不如在市中心覓個寂寂無聞、異常冷清的地方為宜。這就好比在看似湍急的淺溪底下亦有深潭遍布，即使是雜沓的市街巷弄裡，亦有天選之人於罕見情形之下才得以偶然途經的一隅閑靜。

此時，我心裡還冒出一個想法……。

我喜愛到處遊歷，到訪過京都和仙台，甚至遠至北海道與九州都曾留下了足跡；然而在這個東京市內、在這個自我出生後長居人形町二十年的東京市內，必然還有我從未踏過的街道。並且，這樣的地方顯然遠遠多於我的預期。

如此想來，在這樣一個大都會裡，那些如蜂巢般錯落有致且細數不盡的大街小巷，還真不曉得是我走過的地方多，或是不曾去過的地方多呢。

記得是十一二歲的時候，家父某回帶我去深川八幡宮時說道，「擺渡過了河，就帶你到冬木的米市上吃碗遠近馳名的蕎麥麵」，並且領著我走向正殿的後方。那邊有條小河，川狹岸矮，水量豐沛，不同於小網町和小舟町一帶渠道的樣貌。夾岸挨擠著許多人家，渾濁的河水像是將密集的房屋往兩旁推開似地，無精打采地流向遠方。岸邊縱停著幾艘比河面還長的小貨船和大舢板，擺渡舟就這麼靈活地穿梭其間，只需撐個兩三篙即可輕鬆往返。

此前我雖常去八幡宮，卻不曾想像過正殿後方的模樣。大概是因為每回都是從前方的鳥居進去參拜正殿，也就以為這裡的風光和全景畫一樣，只有正面而沒有背面。此刻映入眼中的小河與渡口，以及綿延不絕的遼闊地貌，這一切謎樣的景象，彷彿時常出現在我夢裡的那個遙遠的世界，那個比京都甚或大阪距離東京更加遙遠的世界。

後來，我試著想像淺草觀音堂正後方的街市是什麼樣子，可惜腦海裡只能清晰勾勒出從商店街眺望朱漆闌楯的觀音堂那氣勢恢宏的覆頂板瓦，此外還有什麼就壓根記不得了。隨著日漸成長，眼界漸開，我到過友人家做客，也去過山上賞花，幾乎踏遍了東京市的每一個角落，卻仍不時意外闖入與兒時體驗相仿的另一個奇妙世界。

我認定那樣的地方才是完美的藏身之處，並且以此為目標尋尋覓覓。在搜找的過程中，無意間發現了好多地方都沒去過。舉個例子，淺草橋與和泉橋我走過很多次了，但從未走過這兩座橋之間的左衛門橋。再比方我去二長町的市村座時總是沿著路面電車行駛的道路在蕎麥麵店那個拐角往右轉，可是從那家劇場朝著柳盛座的方向直走區區兩三百公尺的地面，卻一次也不曾踏上。更不用說我根本不曉得站在以前的永代橋右側橋畔望向左岸，會看到什麼樣的風光。不僅如此，八丁堀、越前堀、三味線堀以及山谷堀的周邊，恐怕還有更多陌生的地方。

這些未曾造訪之處，尤以松葉町這座寺院一帶最為奇特。這塊鄰近六區和吉原的地域，只消拐進巷子裡，便是一片蕭條冷清，讓我滿意極了。我欣喜若狂地拋下那個堪稱「貌似奢華實則平凡的東京」的多年摯友，冷眼旁觀著不遠處的喧鬧，悄悄地在此隱居。

我之所以遁隱，不是為了勤學苦習。那個時候，我的感官已如一把磨損的銼刀，完全失去了犀利的稜角，唯有色彩濃烈的冶艷之物，方可引起我的興趣。我已不能品味那種需要細膩感性的上等藝術，我也無法品嚐那些需要靈敏味覺的高級餐食了。花茶館的大師傅端出被譽為市井珍饈的高明廚藝不再打動我，仁左衛門和鴈治郎的超群技藝也不再觸動我。我那顆荒蕪的心，根本無法接受一切庸俗的都市娛樂。我再也受不了由於懶惰而終日過著這種無趣又散漫的生活，而亟需尋找一種徹底摒棄陳腐的、新鮮稀奇的、人為創造的 Mode of life。

普通的刺激早已不足為奇。難道沒有能讓我興奮得發抖打顫的那種不可思議的、怪誕無稽的事物嗎？難道沒有能讓我棲身於其間的那種遠離現實的、野蠻又荒唐的夢幻氛圍嗎？我的靈魂隨著浮想聯翩而遠颺他方，徘徊在巴比倫和亞述古老傳說的世界，想像著柯南．道爾與黑岩淚香的推理小說，眷戀起熾烈陽光下的熱帶焦土及綠野，嚮往於頑皮的少年時代那些瘋瘋癲癲的惡作劇。

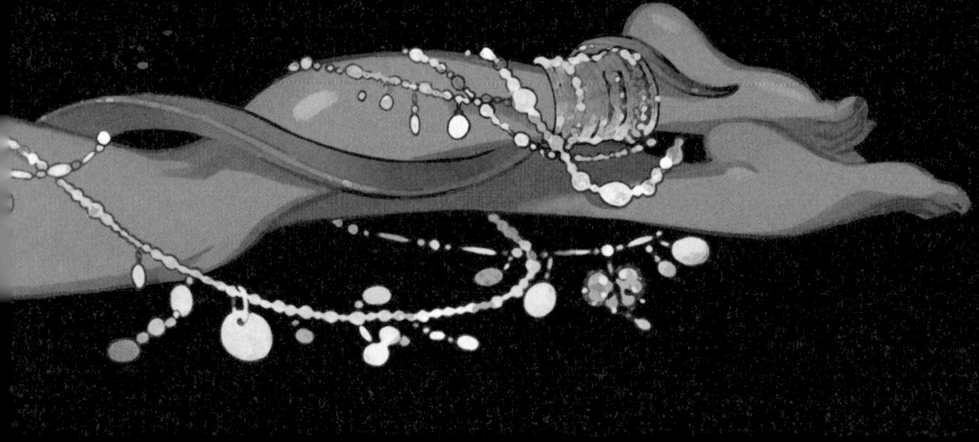

僅僅是採取祕密行動，從原本的吵嚷鬧騰驀然變為韜光養晦，已賦予我的生活一抹神祕而浪漫的色彩。我自小即對祕密的況味深有領悟。尤其是像捉迷藏、尋寶和茶坊主那一類遊戲，如果能在漆黑的夜晚、昏暗的儲藏室或雙開門的屋子前面玩耍，那可更有意思了。至於原因，顯然是由於那些環境往往蘊含著一股「祕密」的氣氛。

正是為了再次體會小時候玩捉迷藏時的感受，我刻意選在人們不太留意的市井小巷隱居。況且那座寺院屬於真言宗，而該宗派的教義與「祕密」、「咒文」和「詛咒」密不可分，愈發勾起我心中的好奇和想像。我租借的屋子是後來擴建的僧房，方位是坐北朝南，大小約莫八張榻榻米。久經曝曬的榻榻米顏色已然泛褐，更能讓人感到平靜與暖意。午後的溫煦秋陽猶如幻燈機投射在簷廊的紙拉門上並照得滿室豁亮，整間屋子儼然化為一盞大型的紙罩長明燈。

接著，我把過去醉心耽讀的哲學與藝術相關書籍盡皆束之高閣，改將魔術、催眠術、推理小說、化學、解剖學這些附上各式插圖描述光怪陸離故事的書冊，像三伏天晾衣物那般隨意散置於榻榻米上，慵懶地躺著信手拾閱，讀得津津有味。這些書包括柯南·道爾的 *The Sign of Four*、德·昆西的 *Murder, Considered as one of the fine arts*、民間傳說故事集的《一千零一夜》，就連講解法國 Sexuology 的書都有。

房裡的每一面牆都垂掛著我向住持懇借而來的〈地獄極樂圖〉、〈須彌山圖〉、〈涅槃像〉等多幅寺內珍藏的古老佛畫，看起來好似學校教師辦公室裡高懸的地圖。淡紫色的煙氣從壁龕的香爐裊裊升起，將敞亮暖和的房間熏得滿室芬芳。我常去菊屋橋畔的商鋪買回白檀和沉香添進香爐裡。

陽光普照的日子，赫赫炎炎的正午烈焰直射在房室的紙拉門上，一幕壯觀震撼的奇景便隨之映現：古畫裡色彩絢爛的諸佛、羅漢、比丘、比丘尼、男居士、女居士、大象、獅子和麒麟從四壁的畫紙上飄游而出，悠然迎向輝煌的光芒；書頁中形形色色的傀儡——殘殺、麻醉、魔藥、妖女及宗教從扔置於榻榻米的無數書冊裡噴湧而出，融入熏香的煙氣並瀰漫開來。日復一日，我躺在兩張榻榻米大的紅毛毯上，猶如野人的渾濁目光無神地望著眼前的景象，沉溺於幻影之中。

入夜後的九時許，寺裡的僧眾已經睡得很沉，我恣意暢飲角瓶威士忌，醉意醺然地卸下簷廊的擋雨木門，攀越墓園的樹籬出去散步。為避免被人發現，每晚出門前總會換上不同的裝束，以此樣貌穿行於公園的人群之間，或到舊貨鋪和古書店裡閒逛。我曾拿布巾裹頰、罩著條紋棉布的短外褂並且赤足趿上竹皮屐，出門前還不忘先將仔細修剪的腳趾甲染紅；我也曾以戴上有色玻璃的金絲眼鏡、豎起和服式斗篷大衣領子的裝扮外出。像這樣藉由黏假鬍子、點黑痣或畫胎記來改容易貌，有意思極了。某個夜晚，我在三味線堀的一家舊衣鋪裡發現了一襲藍底白點碎花圖案的仕女襯裡和服，忽然非常渴望穿上它。

毋寧說，我對和服布匹的狂熱迷戀，並非只因其調和的色彩與脫俗的圖樣。其實不單是仕女和服，每每看到或摸到美麗的綢緞時，我總會不由自主地顫抖起來，宛如盯視著情人的肌膚色澤那般達到快感的高潮。我甚至嫉妒女人可以無須在意世俗的眼光，盡情穿上我愛不釋手的和服及縐綢衣料。

當我想像著吊掛在那家舊衣鋪裡的碎花縐綢襯裡和服，其潤澤、厚質、冰冷的衣料貼裹著身軀時的舒心愜意，不禁興奮得渾身戰慄。我要穿上那件和服，扮成女人的模樣走在街上！……想到這裡，我不顧一切地買下它，順帶添購了友禪染製的和服長襯衣及黑色縐綢外掛，將全套行頭都配齊了。

那襲和服的前一任主人應該是位高䠷的女子，對我這個矮小的男人而言正好合身。每當夜深人靜，寺裡萬籟俱寂，便是我坐在鏡台前悄悄化妝的時間了。第一步先在泛黃的鼻梁刷上白粉，我的面孔倏然變得有些詭異。接著用手掌將濃稠的白色黏液在臉上仔細推抹均勻，那意外具有附著力、透著甜香的冷涼露珠沁入肌膚毛孔，帶來無比的喜悅。在施上口紅與砥粉之後，這張方才還煞白如石膏的臉孔，頓時化為光彩照人、神采飛揚的女人容貌，十分有趣。我這才發覺，原來演員、藝妓和普通女子平日裡在自己的身體上嘗試各種化妝技巧，遠比文人和畫家創作藝術作品來得有意思多了。

和服的長襯衣、短襯領、肚圍，以及隨著擺動而發出綷綵聲響的紅綢襯裡的袖兜——這些衣料在我身上的觸感，與一般女子的肌膚所感受到的完全相同。我將後頭及手腕都刷上白粉，把高祖頭巾罩在銀杏反綰髮式的假髮上，下定決心，走進黑夜的街頭。

一個陰雲密布的暗夜，我徘徊在千束町、清住町以及龍泉寺町那一帶渠道較多的寂靜街道，所幸並未引來派出所員警和行人的側目。夜風透著涼意，輕柔地撫過我那猶如蒙著一層乾澀甘皮的粗糙面孔。裹覆口脣的頭巾布料隨著呼吸而變得又濕又熱，長條縐綢肚圍的下襬隨著步伐而纏黏於腿腳。緊捆於心窩到肋骨的硬裡寬幅腰帶與勒在骨盆上的襯底腰帶彷彿讓我體內的血管開始流動著女人的血液，原本充滿男子氣概的儀態也逐漸消失無影了。

我將施抹白粉的手臂從友禪染製的袖兜底下伸探出來，黑暗中已不再有精實的線條，取而代之的是嫩白豐腴的柔美曲線。望著自己這雙風姿綽約的柔荑，不禁意亂神迷，忍不住羨慕起真實擁有纖纖玉手的女子。若能和戲劇裡的弁天小僧一樣，以這身裝扮犯下種種罪行，想必一定很有意思。……我懷著近似於最能讓推理小說和犯罪小說的讀者感到喜悅的「祕密」與「懷疑」的心情，緩緩步向熙來攘往的淺草公園六區。就這樣，我得以幻想自己是做盡了殺人搶劫一切不法勾當的大惡人。

我從十二樓前面經過池畔來到歌劇院的十字路口，霓虹燈和弧光路燈把我化著濃妝的面容照得分外燦亮，也將這身和服的色澤與條紋照得特別鮮明。走到常盤座的門前，我望向街底那家照相館的玄關大鏡，鏡中映現的身影，儼然是一名傲然挺立於車水馬龍之間的窈窕佳人。

我把「男兒身」的祕密，嚴嚴實實地隱藏在塗抹厚重的白粉底下。我的表情模仿著女人的一顰一笑，衣料飄出樟腦的甜香和發出私語般的綷縩，在在使得擦肩而過的幾群女子無不視我為同性，未曾起疑。其中還有人對著我優雅清麗的五官以及典雅脫俗的衣著投以欣羨的眼神。

由於心中揣著「祕密」，即便是司空見慣的嘈雜的公園夜景，在我眼中也變得新鮮有趣。不管走到哪裡和看到什麼，統統像是第一次遇到似地，感覺相當神奇。我瞞過眾人的眼睛、騙過明亮的燈光，成功將自己藏匿在濃豔的脂粉與縐綢的衣裳底下。只因為透過一層名為「祕密」的帷幔觀察外界，就連平凡的現實也像是染上了如夢似幻的奇妙色彩。

此後，我每晚都換上這樣的裝扮，甚至可以神色自若地與其他觀眾擠在宮戶座的站票席或是一起看電影，將近十二時才返抵寺院。一回房隨即點上煤油燈，不待寬衣便疲憊地癱倒在毛毯上，意猶未盡地凝視著和服瑰麗的顏色，或是百無聊賴地甩盪著和服垂落的衣袖。攬鏡自照，斑駁的白粉星星點點地堆積在粗糙的面頰上，一股頹廢的快感猶如陳年葡萄酒那般醺然地勾魂懾魄。我試過身上只裹著花花綠綠的和服長襯衣，像個青樓女子那樣千嬌百媚地趴在〈地獄極樂圖〉前面的被褥上翻看那些奇特的書冊，直至夜深時分。我的女裝扮相愈發精緻，而且漸次大膽。為能聯想到更多千怪百奇的情景，我外出時總將匕首和麻醉藥塞在腰際。這麼做並非為了犯罪，只是想深深陶醉在伴隨犯罪而來的美麗浪漫的氣息之中。

就這樣，約莫一週後的某天夜晚，一段不可思議的因緣，竟然成為使我遇見另一樁更為古怪、更為奇特和更為神祕的事件的契機。

那一晚，我喝下比平時還多的威士忌之後，登上三友館二樓的貴賓席落了座。時刻已近十時，場內萬頭攢動，渾濁如霧的空氣瀰漫其間，黑壓壓的群眾聚擠成團，我臉上的白粉都快被人體散發的悶蒸熱氣給腐蝕了。黑暗中，放映機發出刺耳的咔嚓咔嚓聲，銀幕上不斷變換著扎眼的炫目光線，我這顆醉酒的腦袋瓜疼得都要炸裂了。

每逢場間休息、電燈大放光明的時候，我便在拉低的高祖頭巾底下，透過漂浮在樓下觀眾頭頂的菸氣，環顧電影院裡的人群。我發現有不少男人好奇地瞅視我頭上的舊式頭巾，也有不少女人羨慕地偷瞧我身上配色出眾的服飾，不禁暗自得意。不論是裝扮的獨特，還是身段的婀娜，抑或是面容的姣好，在全場觀眾當中絕找不到比我更受矚目的女子了。

起初我旁邊的貴賓席座椅是空的，不知道什麼時候有人入了座。

等到電燈亮過兩三次之後，我這才留意起坐在左手邊的一對男女。

女子貌似二十二三歲，也可能有二十六七歲了。她頭盤三環髻，身披天藍色的和服長罩衫，那吹彈可破的花容月貌炫耀似地在眾人面前展露無遺。雖然無法辨識她是藝妓或是名媛，不過從同行那位紳士的舉止推測，她應該不是正室夫人。

「……Arrested at last.……」

女人輕聲讀誦影片上出現的備註，將M．C．C．牌土耳其捲菸濃烈的菸氣噴向我的臉，並以那雙比戴在手上的寶石戒指更加熠熠生輝的碩大眼眸，於黑暗中朝我投來一瞥。

不同於其嬌豔的容貌，她的聲音沙澀，像是出自一名彈奏粗杆三弦琴的老師傅之口。這聲音勾起了我的回憶——絕錯不了，她便是我兩三年前搭輪船去上海的旅途中偶遇，並且有過短暫關係的T女。

印象中，那時候的她即是這樣的舉止和衣著，讓人看不出究竟是個風月女子或是良家婦女。當時在船上和今晚在電影院裡陪在她身邊的男人，從氣度到外貌可謂全然迥異，不難想見在這兩個男人之間，必然還存在過無數男人如同鎖鏈貫穿她這些年來的歲月。我敢說，這個女人一輩子都像隻花蝴蝶般，不停地從一個男人飛向另一個男人的懷抱。兩年前於船上結識時，基於種種考量，我和她均未道出自身的真實姓名，亦不清楚雙方的來歷與住處，就這麼在對彼此一無所知的情況下抵達了上海。到了目的地，我便託辭推搪，無情地揮別了這個對自己情有獨鍾的女人。

此後，她僅是我曾在太平洋上邂逅的一個夢中女子，怎麼也沒料到竟會在這樣的地方重逢。那時看來有些豐腴的身形，如今卻清瘦了許多。她的睫毛纖長，水潤的圓眼宛如經過擦拭般晶瑩剔透，甚至帶有倨傲群雄的凜然威嚴。依然不變的是她那彷彿輕撫便會滲血的嬌嫩唇瓣，以及幾乎掩住耳朵的長瀏海。至於鼻子，則比昔日來得高挺。

我並不確定她是否注意到我了。燈光一亮，她便和同行的男人輕聲嬉鬧，只當我是一般女子，根本沒理睬我。坐在她的身旁，我怎能不對連日來一直沾沾自喜的裝扮心生自卑呢？在這個表情生動活潑、散發亮麗光彩的妖婦面前，我頓時相形見絀——縱使在妝容和衣著上窮盡心思，也只成了一個醜陋膚淺的怪物，從女性魅力到標緻容貌，無一是她的對手。就像在月亮旁邊的星星一樣，遠遠難望項背。

在籠罩全場的汙濁空氣中，唯獨她鮮明的輪廓清晰可辨，從和服長罩衫裡探出的嬌柔玉臂如魚兒悠游。她和同行男人交談間偶爾抬起夢幻的眼眸，時而仰望天花板，時而蹙眉俯瞰下方的觀眾，時而貝齒微露倩然巧笑，臉上表情變化多端，各易其趣。

她那雙能夠傳神表現萬千意象的烏黑大眼猶如電影院裡的兩顆寶石，即使從樓下最遠的角落也能看得一清二楚。單就用以觀看、嗅聞、聆聽及說話的裝置而言，她臉上所有的器官可謂神韻十足，令人回味無窮。與其說是人的面孔，不如說是用來勾引男人心的香甜誘餌。

已經沒有任何一位觀眾將視線投向我了。我居然產生一種可笑的想法，對這個搶走關注度的美麗女子感到嫉妒與憤怒。這個曾經被我玩弄後拋棄的女人，竟以充滿魅力的美貌將我的光芒踐踏在地，太令人氣惱了。莫非這個女人已經認出我，故意用這種手段來嘲笑和報復？

漸漸地，我察覺自己對她的美貌從嫉妒之意轉變為愛慕之情。雖然在女人之姿的競爭中敗下陣來，但是我要再一次以男人之身征服她，從而高唱凱旋之歌。腦中一浮現這樣的念頭，某種無法遏抑的欲望彷彿催逼著我要猛然揪住她柔軟的身軀使勁搖晃。

汝應知曉吾為何人。今夜久別相逢，吾重又愛上汝矣。汝願否再次與吾雙手交握？汝願否於明晚來此座席與吾相見？吾不喜告知自身住所，切盼明日此時，汝能於此靜候。

我在黑暗中從腰際掏出宣紙和鉛筆，飛快寫完後將字條扔進她的袖兜，然後若無其事地觀察她的動靜。

直到十一時左右影片播畢，她始終無動於衷地看著電影。等到全場觀眾一窩蜂地擠出戲院時，她才趁亂再次朝我附耳低語：

「……Arrested at last.……」

她比稍早前更有自信且大膽地在我臉上凝視片刻，這才和同行的男人一起消失於人群之中。

「……Arrested at last.……」

她是什麼時候認出我的呢？我頓時覺得毛骨悚然。

問題是，她明天晚上會來見我嗎？經過這些年歷練，她的功力似已不可同日而語，方才的舉動該不會反被她掐住弱點了吧？我心神忐忑，惶惶不安地回到了寺裡。

當我和往常一樣褪去和服外衣，僅餘一件長襯衣時，從頭巾裡忽然掉出一塊疊成正方形的西洋小紙片。

「Mr.S.K.」

紙片上隱約透出的墨痕猶如粗絲甲斐綢般泛著光澤。這確實是她的字跡！記得她在電影播映期間好像曾去小解一兩次，原來她早已利用機會覆信，並於暗中塞進我的衣領了。

沒想到會在意料之外的地方見到意料之外的您。您雖變裝易容，但小女子怎會認不出這三年來一刻未曾忘記的身影呢？自從第一眼看到戴著頭巾的夫人，小女子便已曉得是您了。這樣看來，您的好奇之心一如往昔，方能做出這般古怪之舉。您說盼與小女子相見，恐怕也僅是好奇而一時興起。縱然如此，小女子仍是喜不自勝，明夜必定依約等候。然而，小女子亦有不便之處，能否請您於九時至九時半之間前往雷門，屆時將差遣車夫恭候大駕，迎至寒舍。正如您不願透露貴府所在，小女子亦不希望您知曉敝宅，懇請同意於乘車時蒙住雙眼，切勿取下。倘不允諾此一要求，即便痛心疾首，請恕小女子永不相會。

展讀此信之際，自己彷彿不知不覺化身為推理小說裡的角色。不可思議的好奇心與恐懼感在腦海裡不斷盤旋。這女人對我的習癖瞭若指掌，肯定是故意做此安排。

翌日夜晚，下起了瓢潑大雨。

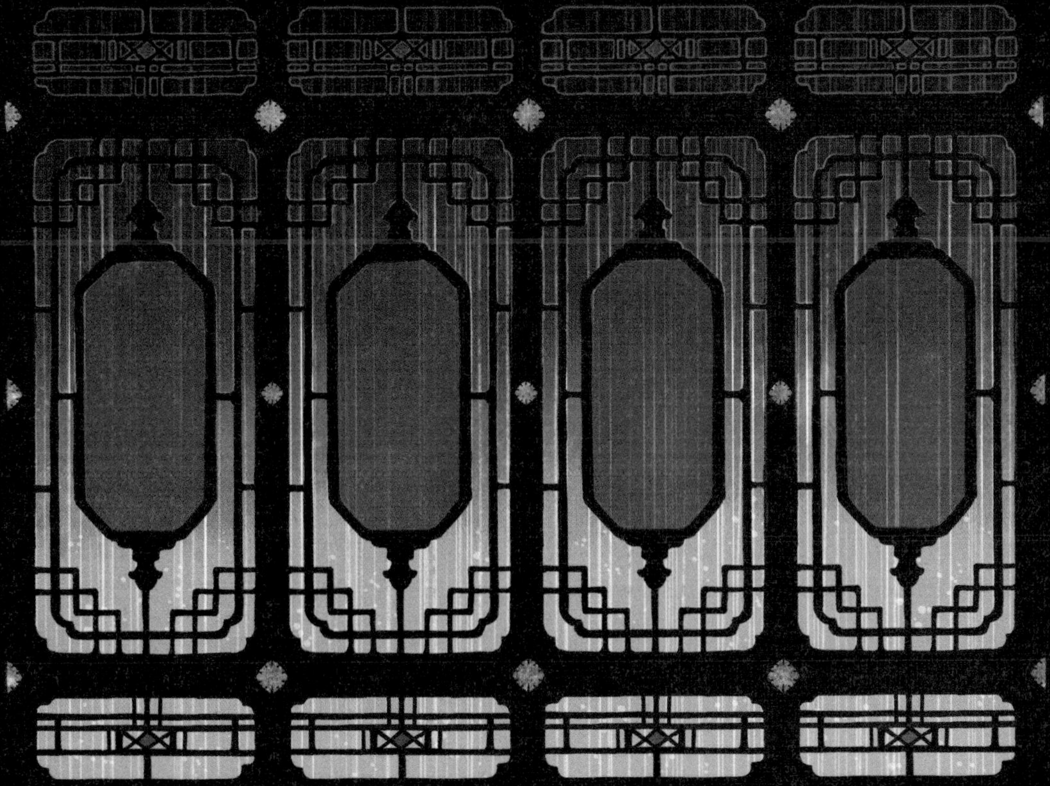

這天，我換上截然不同的裝束，在大島綢的和服與外褂的上面罩了一件塗膠布料的防水外套。剛一踏出門外，雨勢便如瀑布般嘩啦啦地拍打著甲斐綢的西式雨傘。大水從新闢的渠道裡滿到路面，我褪下布襪收進懷裡，濕淋淋的赤腳在街邊住屋的燈光照映下白得發亮。滂沱暴雨從蒼穹傾瀉而下，嘈雜的雨聲掩蓋了一切聲響。平常熱鬧非凡的廣小路，此時家家戶戶都牢牢闔上擋雨木門，路上只見兩三名男子撩起和服衣襬塞進腰帶裡，如潰敗的士兵奔逃而去。除了行駛的電車不斷碾過軌道裡的積水並濺起高高的水花，朦朧的雨夜裡僅剩電線桿和廣告燈映著模糊的光暈。

我冒著豪雨，雨水從外套灌流到手腕乃至手肘，幾乎渾身濕透，好不容易才來到雷門。變成落湯雞的我在雨中停下腳步，藉著弧光路燈的照明朝四周看了一圈，並未看到任何人影。或許某人藏身於某個陰暗的角落正在觀察我。如此一想，我決定佇立原地等候，不久便發現吾妻橋方向的黑暗中有一盞紅火燈籠不停晃動。很快地，一台老式的共乘黃包車沿著市區電車軌道由遠而近，將鋪在軌道上的碎石壓得咔啦咔啦響，分毫不差地停在我眼前。

「老爺，請上車！」

一名壓低圓碗狀斗笠、身披雨衣的車夫開口喊道，他的聲音險些被打在車軸上的雨聲給淹沒了。下一刻，他驀然站到我背後，拿一塊純白紡綢的布條蒙住我的眼睛並且緊緊繞了兩圈，連太陽穴的皮膚都被勒得發皺了。

「您請上車吧！」

車夫說著，伸出皸裂的手掌抓著我，不由分說地將我推上車。

車篷裡有股霉濕味，上面傳來劈劈啪啪的雨打聲。毫無疑問地，我旁邊坐著一個女人。因為在悶蒸的車篷裡充斥著白粉的香氣以及暖和的體溫。

車夫抬起車轅，為掩飾行駛方向而在原地轉了兩三圈才出發，接著一下子往右彎、一下子向左轉，簡直像在 Labyrinth 裡左右徘徊。黃包車時而渡過小橋，時而途經有路面電車行駛的車道。

就這樣，我在黃包車裡搖晃了很久。與我並肩而坐的女人顯然是T女，不過她一路上一聲不響，紋絲不動。她之所以一起搭車，大抵是為了監督我是否恪守蒙眼的約定。其實即使無人監督，我也沒打算解開蒙眼布。在海上相識的夢中女子、暴雨之夜的車篷裡、黑夜中都市的祕密、失去視覺、無言的沉默——所有的事物融合為一，我就這樣被扔進渾然一體的神祕霧靄之中。

不久之後，她往我緊抿的嘴唇間塞入一支捲菸，並且劃了火柴點燃。

約莫經過一個鐘頭，黃包車總算停了下來。車夫再次用他皸裂的手掌牽著我走入一條逼仄的巷弄約四五公尺，嘎吱一聲推開一道格柵門，進了一間屋子。

蒙著眼的我被獨自留在客廳，坐了一會兒之後聽到推開隔扇的聲音。女人依舊保持緘默，膝行向前，將她那柔軟如人魚的上半身仰倚於我的膝頭，接著伸出雙臂環住我的脖子解開了蒙眼布，那片純白的紡綢翩然落下。

這裡少說有八張榻榻米大。屋宅從修建到裝潢都很氣派，挑的全是上好的木材，可惜恰恰如同這個女人的身分，實在難以看出這地方到底是用來與藝妓玩樂的酒館、妾室的小公館，還是上流階層正室夫人的府邸。簷廊外種著茂密的樹木，再過去則是木板圍牆。單就眼前所見，我根本無法推測出這棟屋子位於東京的什麼區域。

「您總算來了！」

她說著，將身子倚在客廳中央的紫檀方桌旁，一雙雪白的手臂猶如兩隻動物般慵懶地伏於桌面。我首先感到驚訝的是，此時的她身穿包邊衣領的素雅條紋和服、繫著雙面用腰帶、頭挽銀杏反綰髮式，風姿與昨晚大異其趣。

「想必您覺得我今晚的打扮很不尋常吧？這是為了掩飾身分而不得不天天變裝。」

她邊說邊拿起倒扣在桌上的玻璃杯，斟入葡萄酒。這模樣比意料中來得賢淑端莊，卻也比預期中少了颯爽豪氣。

「沒想到您還記得我。自從上海一別，我吃過不少男人的苦頭，卻始終無法忘記您。這次千萬別再棄我而去了。就當我是身分來歷不明的夢中女子，永遠陪在我的身邊。」

她的字字句句，宛如來自遙遠國度那如泣如訴的旋律，迴盪在我的胸口。昨晚那個豔麗、好勝又聰慧的女人，竟有這般憂鬱惆悵的一面。她彷佛甘願為我捨棄一切，甚至獻上靈魂。

與「夢中的女子」、「祕密的女人」的這場朦朧、分不清是現實抑或幻覺的Love adventure可謂滋味無窮，使我夜夜造訪她的住所，盡情享樂至深夜兩時許，這才重又蒙上眼睛搭黃包車回到雷門。這種彼此不知住處、不知名姓的交往持續了一兩個月。我原本無意探知她的境遇與住家，隨著時光流逝，由於好奇心而很想知道兩個答案：自己這輛黃包車到底把我們載到東京的哪個區域呢？自己此刻被蒙住眼睛經過的地方是在淺草的什麼方位呢？黃包車通常得在街上跑個三十分鐘到一個鐘頭，有時候甚至足足耗費一個半鐘頭才能拉到她的住處；然而下車地點的她家，或許就在雷門的不遠處。我每天晚上隨著黃包車左搖右晃，不斷在心中臆測著這裡會是哪裡。

某晚，我終於再也忍不住了，便在車上央求她：

「哪怕一下子也行，幫我拿掉蒙眼布吧！」

「那怎麼行！萬萬不可！」

她連忙壓住我的雙手，並將臉湊了上來。

「請別提出這樣的要求。這條路是我的祕密，您要是知道了這個祕密，說不定就會拋棄我了。」

「我為什麼會拋棄妳呢？」

「因為在祕密揭曉之後，我就不再是您的『夢中女子』了。我明白您愛的其實不是我，而是那個『夢中女子』。」

任憑她說得舌敝脣焦，我依然聽不進去。

「好吧，就讓您看一眼。……只能看一眼唷！」

她嘆著氣說完，沮喪地解下我的蒙眼布，滿臉憂心忡忡地問道：

「看得出來這是哪裡嗎？」

高闊無雲的夜空一片漆黑，漫天繁星閃爍，白霞般的銀河從天邊流到天際。狹道兩旁商鋪林立，輝煌的燈火照著這條繁華的街路。

奇怪的是，這條街如此熱鬧，我卻完全認不出這是什麼地方。黃包車繼續前行，約莫一兩百公尺前方的街底迎面可見一塊寫著「精美堂」大字的印章店招牌。

彩印
精美堂
SEIBIDO

我正在車上極目遠眺寫在招牌旁的門牌地址，她赫然發現了我的意圖，驚呼一聲「哎呀」，便又蒙上了我的眼睛。

在一條商鋪林立的熱鬧街巷盡頭可以望見印章店的招牌——我沉吟半晌，非常肯定自己從沒走過這條街。孩提時代體驗過的那個謎樣世界的感覺再度引誘著我。

「您看清楚那面招牌上的字了嗎？」

「沒能看清楚。我一點也不知道這是哪裡。對於妳的生活，我只曉得三年前在太平洋上發生的那些事。我覺得自己像在妳的誘惑之下，隨著妳來到了遙遠大海那一邊的夢幻國度。」

聽到我的回答，她話音淒切地哀求：

「求求您永遠記著這樣的心境！求求您把我當成住在夢幻國度裡的夢中女子！求求您再也別提出今晚的這種要求了！」

我感覺到似乎有淚水從她的眼眶滑落。

後來的日子裡，我一直無法忘懷那一晚她讓我看到的新奇街景。

……

那一塊在燈火通明的熱鬧街道盡頭的印章店招牌，始終在我腦中揮之不去。我千方百計要找出那條街道，總算想到了一個主意。

長久以來幾乎夜夜被她帶著滿街兜繞，我漸漸記住了拉車的規律，例如在雷門原地打轉的圈數、左彎右拐的次數等等。一天早晨，我站在雷門一隅，閉上眼睛轉了兩三圈，覺得差不多了，便以和黃包車相同的速度朝某個方向發足狂奔。我想到的唯一辦法就是暗自估算黃包車在每一條巷弄裡拉了多久時間之後轉彎。果然不出所料，小橋和路面電車行駛車道出現的時機皆與我的記憶相符。就是這條路線，應該不會有錯。

路線一開始從雷門繞著公園外圍來到千束町，鑽過龍泉寺町的小巷朝上野前進，在車坂下向左轉，沿著御徒町繼續走八九百公尺後再度左轉。那天晚上看到的那條街道，赫然映入我的眼簾。

就在街底，果然出現了印章店的招牌。

我望著那塊招牌，像要探究潛藏著祕密的洞窟深處一樣，大步流星地朝向目標邁進。等我走到路的盡頭，意外發現那裡竟是下谷竹町那條夜市攤販大街的街尾。再往前走個四五公尺，即是我買下那襲碎花縐綢和服的舊衣鋪。原來，我以為的那條新奇的街道，其實就是橫向連接三味線堀和仲御徒町的街道，只是不曾走過這條路。

我在令人心煩意亂多日的精美堂招牌前駐足良久。有別於璀璨星空下神祕的夢幻氛圍中滿眼紅焰燈火的夜晚風情，在秋陽高照下那一戶戶乾枯的陋屋，頓時讓人大為掃興。

在旺盛的好奇心驅使下，我像隻沿途嗅聞、搜尋歸家之路的狗兒，依循線索由這裡繼續往下跑。

路線再次回到淺草區，從小島町一路向右行，在菅橋附近穿過的路面電車行駛的車道，於代地河岸轉往柳橋的方向，最終來到位於兩國的廣小路。我這才知道她為了不讓我猜出方位而繞了多大一圈。我依序經過藥研堀、久松町和濱町，再渡過蠣濱橋，忽然不知道接下來該怎麼走了

我覺得她家就在這一帶的巷弄裡，於是整整耗了一個鐘頭，在附近的小巷間穿梭逡巡。

當我在道了權現對面發現了一條藏在櫛比鱗次的屋簷下、毫不起眼的深巷時，直覺告訴我，她家必定隱身其中。我鑽進巷內，走了幾步，右手邊第二或三間屋宅外面有著一道美麗紋路的木板圍牆，而圍牆後高聳的松葉間，恰可瞥見有個女人於二樓欄杆探出臉來並且直勾勾地俯視著我，面如死灰。

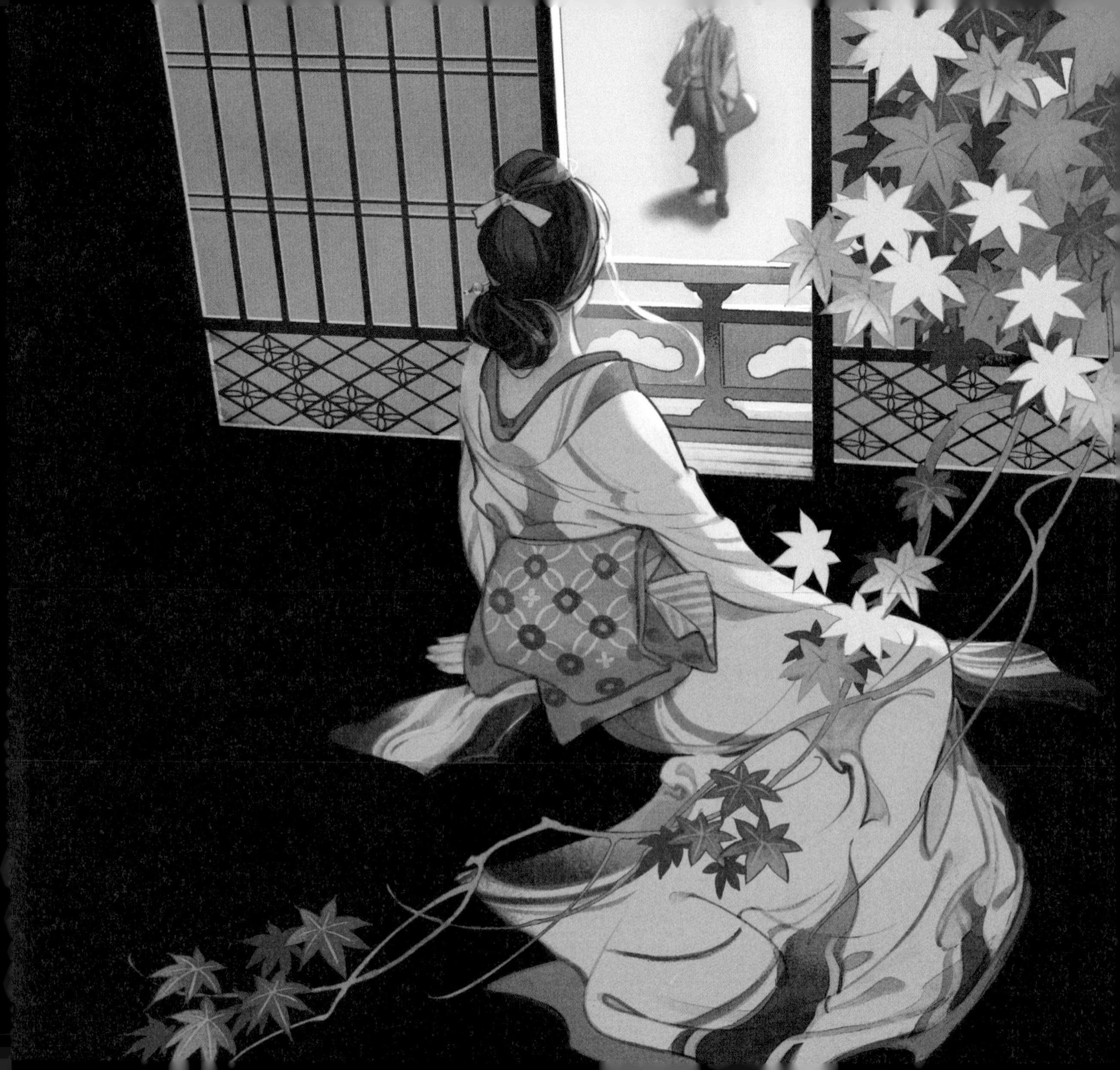

我不自覺地朝二樓投去譏諷的目光。女人面不改色地裝作是陌生人，冷冷地看著我。女人此時的樣貌和晚上的她是那麼不同，即使裝作陌生人也沒有任何不自然之處。只因為一次心軟，答應了男人的央求，短暫解開了蒙眼布，自己的祕密就被揭發了。女人的臉上漸漸流露出懊悔與失意，默默回到紙拉門裡面了。

那附近有位姓芳野的財主，女人是他的遺孀。如同那面印章店的招牌，所有的謎底都揭曉了。自此，我拋棄了那個女人。

兩三天後，我旋即搬離寺院，遷居田端。我的心愈來愈無法滿足於「祕密」所帶來的淺淺微微的快感，逐漸傾向於索求色彩更加濃烈、近乎鮮血淋漓的狂喜。

＊本書之中，雖然包含以今日觀點而言恐為歧視用語或不適切的表現方式，但考慮到原著的歷史背景，予以原貌呈現。

譯註

第03頁

【新思潮】《新思潮》同人誌自1907年創刊後至1979年，期間曾多次休復刊。谷崎潤一郎與同好於1910年的二度創刊或可稱為復刊。可惜因資金匱乏，於1911年休刊。

第05頁

【真言宗寺院】〔真言宗の寺〕作者撰文當時的淺草松葉町共有二十三座寺院，屬於真言宗的僅有清光院，目前已無此寺院。

第06頁

【東本願寺】〔門跡〕原文可指宗師門派的佛教僧侶或所屬寺院，另一延伸意涵為本願寺。依照本文寫作時代對照當時的地理位置，此處或指淺草的東本願寺。

【十二樓】〔十二階〕1890年，淺草公園內建起一座十二層樓的八角形磚造展望塔，名為凌雲閣，並以其樓高為俗稱，後於1923年關東大地震時嚴重毀損而予以拆除。

【Obscure】意指含糊隱晦。原文出現的英文詞彙字首均為大寫，於譯文中保留原貌。

【市中心】〔市內〕根據作者撰文當時（1911年）的行政區劃，「澀谷町」與「大久保村」隸屬於豐多摩郡，直到1932年才被納入「東京市」之內。

第08頁

【市村座】日文的「座」可指劇場、演藝場、戲院或劇團。

第09頁

【六區】〔六区〕1884年東京府將淺草公園行政區劃為一至六區，第六區為各種娛樂場所集中的熱鬧街區，簡稱六區。

【吉原】始於德川幕府時代的官方認可風化區。

【仁左衛門】片岡仁左衛門，知名歌舞伎演員歷代承襲的藝名。

【鴈治郎】中村鴈治郎，知名歌舞伎演員歷代承襲的藝名。

第10頁

【柯南・道爾】〔コナンドイル〕Sir Arthur Ignatius Conan Doyle（1859～1930），英國醫師暨作家，代表作為以夏洛克・福爾摩斯為主角的推理小說系列。

【黑岩淚香】〔涙香〕（1862～1920），日本作家、翻譯家暨記者，以編譯方式引進多部西洋推理小說。

第12頁

【茶坊主】〔お茶坊主〕兒童遊戲。參與遊戲者圍成一圈，當鬼的人蒙眼以托盤端著茶碗在圓圈中央，將托盤遞至其中一人面前，猜測對方的名字並且說「〇〇請喝茶」，猜中的話就輪到對方當鬼。

第14頁

【The Sign of Four】《四簽名》，1890年出版。柯南・道爾的第二部福爾摩斯小說。

【Murder, Considered as one of the fine arts】Thomas Penson De Quincey（1785～1859），英國作家。該作品的完整書名應為On Murder Considered as one of the Fine Arts，即《謀殺，一種優雅的藝術》。

【Sexuology】意指性學。

第23頁

【砥粉】（とのこ）砥粉於舞台妝容時有多種功用，可用於打底、遮掩皺紋，或與白粉混合後調成黃褐色，以呈現不同角色的身分背景。

第24頁

【高祖頭巾】女用禦寒頭巾，又稱為袖頭巾，形狀類似裁切的袖兜。頭巾從頭頂罩下，完全包裹住頭部與頸部，而相當於袖口的位置恰可露出面部。

【反綰髮式】（銀杏返し）女性髮型。先將長髮往後攏結於頂，分成左右兩股，各別反綰一個鬆髻，形似銀杏葉。

第25頁

【弁天小僧】（弁天小僧）日本古代知名大盜，面貌俊美，偷竊行騙時多半穿著仕女和服。

第32頁

【三友館】當時位於東京淺草的電影院，於1907年1月開幕。

第36頁

【三環髻】（三つ輪）即「三輪髷」，女性髮型。江戶時代後期至大正時代的富豪妾室常梳的髮型。在銀杏反綰髮型的基礎上，於中央挽個小圓髻，髻底以布條纏捆頂起塑型。

第54頁

【廣小路】（広小路）此處應指「浅草広小路」（淺草廣小路），現今路名為「雷門通り」（雷門路）。

第59頁

【Labyrinth】拉比林特斯迷宮。希臘神話中，克里特島國王米諾斯請來知名工匠精心設計一座迷宮，用以囚禁名為米諾陶洛斯的半人半牛的怪物。

第83頁

【道了權現】（道了権現）為大乘佛教的佛菩薩示現化身為日本神的神號。「道了權現」為「最乘寺」的通稱，此處應指位於現今東京文京區的曹洞宗大雄山最乘寺東京別院。

解說

幻滅的鏡像——谷崎潤一郎〈祕密〉的身體想像／洪敍銘

〈祕密〉是谷崎潤一郎較為早期的代表作品之一，他的創作具有強烈的個人特色，特別是在感官上，人物耽溺於女性姿態之美，表現出非常濃烈的「性」的渴求；換言之，「性」是谷崎潤一郎早期小說情節的主要驅動力，尤其在性別角色的變換，游刃有餘，也充滿戲謔性的嘗試，以及正視荒謬性所帶來的自我探索意義。

〈祕密〉中的主視角「我」在「夢中女子」出現前、後的性別意識及其身體想像截然不同，小說敘事帶有懸疑性，特別是後半段「窺探」、「破解」祕密的過程緊湊刺激，既能呼應人在偌大的城市空間互動中，由「陌生」而「熟悉」的線性過程中，因好奇而生產的「趣味性」的遞減，也直指了這種「人／地」新鮮感的消失，反射或實現於人際關係或社群關係中，也將趨向幻滅的樣態。

誠如「所有的禁忌都終將被打破」，亦如「潘朵拉的盒子」的寓言，〈祕密〉無法違逆這樣的「鐵律」，因此讀者可以看見故事前半，即使「我」的扮裝近乎完美，卻仍被T女毫無偽裝地被一眼識破；故事後半更將敘述的核心放在「違反禁忌」的命題上，或者說T女或嚴厲、或懇切、或哀求的抵抗，最終仍然不敵身體的記憶；而打破禁忌後的懲罰確實也是昭然若揭的，一旦謎底揭曉，夢醒時分，神祕感的喪失，同時也將是幻滅的起點。而故事末尾的「我」，只能繼續索求更腥羶色或者更濃烈、狂喜的快感，也暗自留下了不少對應著其他小說創作的伏筆。

另一方面，身體作為小說的驅力，是類型小說中十分常見的表現型態，其最主要的特徵，在於「移動」的過程，具有再現空間、串聯生活脈絡的積極作用；因此，讀者在故事前半段，能夠藉由小說中人物身體的移動，看見文本時間中的各式景態，進而理解不同個體間，如何與時間、空間產生互動，建立具有時間性、空間性的關係；在故事的後半段裡，也可以理解「陌生」與「熟悉」地景的一線之隔，或許與人們定位空間的「慣習」密切相關，竟也有了與荻原朔太郎〈貓町〉相互對話的空間。

不過，〈祕密〉在這個面向的書寫中，可說是更進一步地從「私密空間」，進行了更具挑戰性的身體變換與想像，最突出之處，莫過於「我」穿著和服走入人群，並且蒙蔽了絕大多數人的眼光與性別認知。也就是說，谷崎潤一郎讓他筆下的「我」，既具有展示城市空間樣態的積極意義，也藉由性別認同與性欲取向的自由變化，建構了性別界線模糊化的權力關係；從性別與身體出發，也讓他筆下的都市景觀，充滿著個人化、情慾化的私密想像。

知名的法國哲學家米歇爾・傅柯（Michel Foucault）即認為生物學上的性徵演化到產生「性別差異」，是一種現代國家中便於行政管理的形式，而出現抵制單一身體出現兩種性別的情況，進而限制了性別不明者的自由選擇（Michel Foucault, 1980: 8）。藉由這樣的觀點，讀者可以發現〈祕密〉的故事前半，不斷地刺激、挑戰這樣的敏感界限；例如起初的「我」原本只在夜深人靜、萬籟俱寂的深夜裡變裝，「化為光彩照人、神采飛揚的女人容貌」令他感到有趣與滿足，直到後來「下定決心，走進黑夜的街頭」，進而充分地感知自己「原本充滿男子氣概的儀態也逐漸消失無影」，顯示出男性能輕易地藉由扮裝，隱藏生理性別、轉化其社會性別的過程。

然而，谷崎潤一郎並未讓「我」的身體，邁向某種「雌雄同體」——認同身體同時存在陽剛特質與陰性特質——的想像，在小說中，「我」在遇見T女後，迅速地從「被奪走眾人目光」的忌恨轉換為「征服慾」，再次翻轉了故事前半所建構的性別權力關係。

有趣的是，「我」原本的「祕密」，是真真實實的「男兒身」掩藏在女人的外表裝扮之下，某種程度上像是換了一層「性別表皮」，好像顛覆或更換了原本的性別，然而對「我」而言，在這個性別越界的過程中，他並未感到認同的疑惑，反而只得到無盡的快感；而重見T女之後的「祕密」，則是因為再次「征服」的渴望，開啟了對T女真實身分、住所及其一切的強烈探知慾望，前述透過「男扮女裝」所營造的「趣味」，霎時間就被「在海上相識的夢中女子、暴雨之夜的車篷裡、黑夜中都市的祕密、失去視覺、無言的沉默」的神祕感取代，而那個「祕密」，也巧妙地從對己身的身體探索，轉向對他人的探知甚或侵略。

這種截然不同的身體想像及其「向內」、「向外」的驅力，拉扯出了〈祕密〉最扣人心弦，也是最發人省思的情節，即「凝視」（gaze）。雅各・馬里・埃米爾・拉岡（Jacques-Marie-Emile Lacan）定義凝視是一種鏡像關係，即人透過他人看待自己的眼光折射後，將構成人的再現。由此，〈祕密〉中的我「凝視」鏡像中女性裝扮的自己，以及「凝視」T女身體所造成的反射，如何建構「我」的主體意識？這也拉開了〈祕密〉中更多層次的討論。

不少論者認為，「我」在鏡象中的所見的姣好面容與身影，是一種對「心魔」的直視，誠如小說開篇即談及「我」的百無聊賴、感官遲鈍，亟欲獲得「徹底摒棄陳腐的、新鮮稀奇」的刺激，透過扮裝所形成的性別翻轉，或許反映出了「我」的空虛與病態；然而從凝視的觀點來看，「窈窕佳人」的鏡像反射，因效果超乎預期，表面上推升了他更大膽、露骨扮裝舉止，進而取得更高的成就感，然而實際上卻在一次次地被觀看的過程中，堆疊他對女體的性與慾望，因此當他重遇T女，迅速認出她是旅途偶遇且發生關係的「夢中女子」，遂產生的強大佔有慾，而透過身體裝扮所得到的快感也消失殆盡；小說中那個務必要蒙上雙眼的情節，就形成阻斷這種「窺癮特權」（事實上對「我」和T女雙方都是）的必要方式，而破壞這個規則後，後續情節敘事回歸父權結構，在祕密被揭發後，T女的懊悔與失意，以及「我」對T女的拋棄，似乎也成為一種身不由己的宿命，也讓〈祕密〉乃至於谷崎潤一郎的更晚期的許多異色書寫作品，存在著值得深入探討的可能與空間。

解說者簡介／洪敍銘

文創聚落策展人、文學研究者與編輯。「托海爾：地方與經驗研究室」主理人，著有台灣推理研究專書《從「在地」到「台灣」：論「本格復興」前台灣推理小說的地方想像與建構》、〈理論與實務的連結：地方研究論述之外的「後場」〉等作，研究興趣以台灣推理文學發展史、小說的在地性詮釋為主。

乙女の本棚系列

『與押繪一同旅行的男子』
江戸川亂步＋しきみ
定價：400元

『葉櫻與魔笛』
太宰治＋紗久楽 さわ
定價：400元

『檸檬』
梶井基次郎＋げみ
定價：400元

『蜜柑』
芥川龍之介＋げみ
定價：400元

『夜長姫與耳男』
坂口安吾＋夜汽車
定價：400元

『瓶詰地獄』
夢野久作＋ホノジロトヲジ
定價：400元

『貓町』
萩原朔太郎＋しきみ
定價：400元

『夢十夜』
夏目漱石＋しきみ
定價：400元

乙女の本棚系列

『女生徒』
太宰治 + 今井キラ
定價：400 元

『外科室』
泉鏡花 + ホノジロトヲジ
定價：400 元

『山月記』
中島敦 + ねこ助
定價：400 元

『秘密』
谷崎潤一郎 + マツオヒロミ
定價：400 元

譯者

吳季倫

曾任出版社編輯，目前任教於文化大學中日筆譯班。譯有井原西鶴、夏目漱石、森茉莉、太宰治、安部公房、三島由紀夫、星新一、大江健三郎、中上健次、連城三紀彥、宮部美幸等多部名家作品。

國家圖書館出版品預行編目資料

祕密/谷崎潤一郎作；マツオヒロミ繪；吳季倫譯. -- 初版. -- 新北市：瑞昇文化事業股份有限公司, 2022.01
108面；18.2 x 16.4公分
譯自：秘密
ISBN 978-986-401-535-1(精裝)

861.57　　110020594

TITLE

祕密

STAFF

出版	瑞昇文化事業股份有限公司
作者	谷崎潤一郎
繪師	マツオヒロミ
譯者	吳季倫
總編輯	郭湘齡
責任編輯	張聿雯
文字編輯	蕭妤秦
美術編輯	許菩真
排版	許菩真
製版	明宏彩色照相製版有限公司
印刷	桂林彩色印刷股份有限公司
法律顧問	立勤國際法律事務所　黃沛聲律師
戶名	瑞昇文化事業股份有限公司
劃撥帳號	19598343
地址	新北市中和區景平路464巷2弄1-4號
電話	(02)2945-3191
傳真	(02)2945-3190
網址	www.rising-books.com.tw
Mail	deepblue@rising-books.com.tw
初版日期	2022年1月
定價	400元